¿Has Llenado una Cubeta Hoy?

Una Guía Diaria de Felicidad para Niños

Escrito por Carol McCloud
Ilustrado por David Messing

FERNE PRESS

Dedicatoria de la Autora

Este libro lo dedico a la memoria de mi cuñada, Elizabeth Walsh, y a todos aquellos quienes llenan cubetas por el mundo. Liz tenía la cualidad extraordinaria de valorar a la gente. Sus palabras de aliento tenían la capacidad de animar a la gente. Ellas nos animaban y ayudaban a hacer más cosas de las que creíamos eran posibles. Liz falleció de repente, en la plenitud de sus años, mientras yo escribía este libro.

Lista de menciones de la Autora

En los años 1960s, el Dr. Donald O. Clifton (1924-2003) escribió por primera vez la historia de "El Cucharón y la Cubeta" que se ha pasado de generación en generación durante varias décadas. El Dr. Clinton más tarde fue co-autor de uno de los libros más vendidos del *New York Times, ¿Qué Tan Llena Está Tu Cubeta?* y fue nombrado el Padre de la Psicología de Refuerzos.

Mi gratitud más profunda a Dave Messing, quien pusó su alma, corazón, y creatividad en cada una de las ilustraciones; al equipo de Nelson Publishing & Marketing, a mi editor alterno y a mi sobrina de ocho años de edad, Karley Walsh; a Mike McCloud, mi esposo y siempre presente apoyo de veinticuatro años, quien falleció unos meses después de la primera publicación del libro; y al Señor, mi Dios, quien me guia internamente y quién me ha dado la pauta para que escriba una secuela con "Él" en ella.

Un porcentaje de las ganancias de este libro serán donadas a la organización benéfica del Ejercito de Salvación ("Salvation Army"), que por más de 100 años ha servido y ha modelado compasión y amor hacía otros.

Derechos Reservados © 2012 por Carol McCloud
Primera edición. Impreso en papel reciclado en los Estados Unidos de América.
Translation by: INTER-LINGUA, www.Inter-Lingua-Online.com | email: info@Inter-Lingua-Online.com | direct dial: 313-378-2999

McCloud, Carol.
Resumén: El concepto de relleno de cubetas es una metáfora efectiva para inculcar en los niños el comportamiento apropiado y demostrar los beneficios de relaciones positivas.

ISBN # 978-1-933916-91-0
 I. McCloud, Carol. II. ¿Has Llenado una Cubeta Hoy?: Guía Diaria de Felicidad para Niños
Número de control de la biblioteca del Congreso: 2012930737
(I. McCloud, Carol. II. Have You Filled a Bucket Today?: A Guide to Daily Happiness for Kids
Library of Congress Control Number: 2012930737

FERNE PRESS

Ferne Press es una marca de Nelson Publishing & Marketing
366 Welch Road, Northville, MI 48167
nelsonpublishingandmarketing.com
(248) 735-0418

Introducción por Carol McCloud

Aprendí por primera vez el llenado de cubetas en un taller para padres de una conferencia sobre niños de edad pre-escolar alrededor de los años 1990s. La conferenciante, una experta en investigación cerebral infantíl, dijo que es bueno imaginar que cada bebé nace con una cubeta invisible. La cubeta representa la salud mental y emocional del niño. No puedes ver la cubeta, pero esta ahí. Además, ella dijo que es la responsabilidad primaria de padres y de quienes se hacen cargo de ellos de llenar la cubeta. Cuando usted sostiene en sus brazos, acaricia, alimenta, toca, canta, juega, provee atención amorosa, seguridad y cuidados, usted llena la cubeta de su niño. Sí, sabemos que los bebés requieren amor. Al dar amor llenamos sus cubetas.

Sin embargo, a los niños, además de ser amados se les debe enseñar como amar a otras personas. Los niños que aprenden a expresar bondad y amor viven una vida más feliz. Cuando usted ama y se preocupa por otros y demuestra amor con lo que dice y hace, usted se siente mejor y también llena su cubeta.

Escribí este libro para enseñar a los niños como ser llenadores de cubetas. Cuando lea este libro con niños, úselo como una oportunidad de modelar el relleno de cubetas al llenar sus cubetas. Dígales el por qué son especiales para usted. Ayúdeles a pensar que pueden hacer o decir para llenar la cubeta de alguien. Trabaje con sus niños y ayúdelos a practicar el relleno diario de cubetas. Muy pronto, ellos experimentarán la alegría y el orgullo de llenar cubetas. ¡Feliz relleno de cubetas!

Para información sobre presentaciones, libros, y otros materiales o para recibir nuestro e-boletín, BUCKET FILL-OSOPHY 101, visite nuestra página en internet www.bucketfillers101.com.

Si le gustó este libro, también le gustará nuestra historia preliminar, *Fill a Bucket: A Guide to Daily Happiness for Young Children*; nuestra secuela, *Growing Up with a Bucket Full of Happiness: Three Rules for a Happier Life*, y su libro que lo acompaña, *My Bucketfilling Journal: 30 Days to a Happier Life*.

La autora, Carol McCloud

Todo el día, todas las personas en el mundo caminan llevando una cubeta invisible.

All day long, everyone in the whole wide world walks around carrying an invisible bucket.

No la puedes ver, pero está ahí.

You can't see it, but it's there.

Tú tienes una cubeta.
Cada miembro de tu familia tiene una cubeta.

You have a bucket.
Each member of your family has a bucket.

Tus abuelos, amigos, y vecinos todos tienen una cubeta.

Your grandparents, friends, and neighbors all have a bucket.

Todos llevan una cubeta invisible.

Everyone carries an invisible bucket.

Tu cubeta tiene solo un propósito.

Your bucket has one purpose only.

Sirve para guardar tus buenos pensamientos y sentimientos sobre tí.

Its purpose is to hold your good thoughts and good feelings about yourself.

Te sientes bien y muy feliz cuando tu cubeta está llena,

You feel very happy and good when your bucket is full,

y al contrario, te sientes muy triste y solo cuando tu cubeta está vacía.

and you feel very sad and lonely
when your bucket is empty.

Las demás personas se sienten también de esa forma.

Other people feel
the same way, too.

Están contentas cuando sus cubetas están llenas y están tristes cuando sus cubetas están vacías.

They're happy when their buckets are full
and they're sad when their buckets are empty.

**Es excelente tener una cubeta llena
y así es como se logra. . .**

It's great to have a full bucket
and this is how it works . . .

**Necesitas que otras personas llenen tu cubeta y los demás
necesitan que tú llenes sus cubetas. Así, ¿cómo llenas una cubeta?**

You need other people to fill your bucket and other people need you to fill theirs.
So, how do you fill a bucket?

11

Llenas una cubeta cuando le demuestras amor a alguien, cuando haces o dices algo amable, o solo cuando sonríes con alguien.

You fill a bucket when you show love to someone, when you say or do something kind, or even when you give someone a smile.

Eso, es ser un llenador de cubetas.

That's being a bucket filler.

Un llenador de cubetas es una persona cariñosa y compasiva que dice o hace cosas buenas que hace que los demás se sientan especiales.

A bucket filler is a loving, caring person who says or does nice things that make others feel special.

Cuando haces que alguien se sienta especial, estás llenando una cubeta.

When you make someone feel special, you are filling a bucket.

Pero, tú también puedes quitar cosas de una cubeta y sacar algunos de los buenos sentimientos. Vacias una cubeta cuando te burlas de alguien, cuando haces o dices cosas malas, o aún cuando ignoras a alguien.

But, you can also dip into a bucket and take out some good feelings.
You dip into a bucket when you make fun of someone, when you
say or do mean things, or even when you ignore someone.

Eso es ser un vaciador de cubetas.

That's being a bucket dipper.

Un bravucón es un vaciador de cubetas.

A bully is a bucket dipper.

Un vaciador de cubetas hace o dice cosas malas que hace sentir mal a los demás.

A bucket dipper says or does mean things that make others feel bad.

Muchas personas quienes meten la mano a la cubeta
tienen una cubeta vacía. Ellos creen que pueden llenar su
cubeta al meter la mano en la cubeta de otros ...
pero eso nunca va a funcionar.

Many people who dip have an empty bucket. They think they can
fill their own bucket by dipping into someone else's ...
but that will never work.

Nunca vas a llenar tu cubeta cuando metes
la mano a la cubeta de otra persona.

You never fill your own bucket when you dip into someone else's.

Pero adivina qué . . .
cuando llenas la cubeta de alguien,
¡llenas también tu cubeta!

But guess what . . .
when you fill someone's bucket,
you fill your own bucket, too!

Tú te sientes bien cuando ayudas a los demás a sentirse bien.

You feel good when you help others feel good.

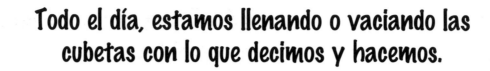

Todo el día, estamos llenando o vaciando las cubetas con lo que decimos y hacemos.

All day long, we are either filling up or dipping into each other's buckets by what we say and what we do.

Trata de llenar una cubeta y ver que pasa.

Try to fill a bucket and see what happens.

Tú amas a tu mamá y a tu papá. ¿Por qué no les dices que los amas? Incluso puedes decirles porqué.

You love your mom and dad. Why not tell them you love them?
You can even tell them why.

Tus palabras cariñosas van a llenar sus cubetas inmediatamente.

Your caring words will fill their buckets right up.

Mira como las sonrisas iluminan sus caras. También te van a dar ganas de sonreir.
Una sonrisa es una buena señal de que has llenado una cubeta.

Watch for smiles to light up their faces. You will feel like smiling, too.
A smile is a good clue that you have filled a bucket.

Si practicas, vas a llegar a ser un gran llenador de cubetas.

If you practice, you'll become a great bucket filler.

Sólo recuerda que todas las personas cargan una cubeta invisible
y piensa que puedes hacer o decir para llenarla.

Just remember that everyone carries an invisible bucket,
and think of what you can say or do to fill it.

Aquí hay algunas ideas para tí.
Puedes sonreir y decir "¡Hola!" al conductor del camión escolar.

Here are some ideas for you.

You could smile and say "Hi!" to the bus driver.

Él o ella también tiene una cubeta.

He has a bucket, too.

Puedes invitar al niño nuevo de la escuela a jugar contigo.

You could invite the new kid at school to play with you.

Puedes escribir una nota de agradecimiento a tu maestra.

You could write a thank-you note to your teacher.

Puedes decirle a tu abuelo que te gusta estar con él.

You could tell your grandpa that you like to spend time with him.

Hay muchas maneras de llenar una cubeta.

There are many ways to fill a bucket.

Llenar cubetas es una actividad fácil y divertida.
No importa si eres jovén o viejo.
No cuesta nada.
No toma mucho tiempo.

Bucket filling is fun and easy to do.
It doesn't matter how young or old you are.
It doesn't cost any money.
It doesn't take much time.

Y recuerda, cuando llenas la cubeta de alguien, también llenas tu cubeta.

And remember, when you fill someone else's bucket, you fill your own bucket, too.

Cuando eres un llenador de cubetas, haces que tu casa, escuela, y vecindario sean mejores lugares para vivir.

When you're a bucket filler, you make your home, your school,
and your neighborhood better places to be.

El relleno de cubetas hace que todos se sienten bien.

Bucket filling makes everyone feel good.

Así es que, ¿por qué no decides ser un llenador de cubetas hoy y todos los días? Empieza cada día diciéndote,

So, why not decide to be a bucket filler today and every day?
Just start each day by saying to yourself,

"Voy a hacer algo para llenar la cubeta de alguien hoy."

"I'm going to do something to fill someone's bucket today."

Y al terminar el día, pregúntate,
"¿Llené una cubeta hoy?"

And, at the end of each day, ask yourself,
"Did I fill a bucket today?"

"¡Sí, lo hice!" Esa es la vida de un llenador de cubetas...

"Yes I did!" That's the life of a bucket filler...

¡Y ese eres TÚ!

And that's YOU!

Sobre la Autora

Carol McCloud, la Dama de la Cubeta, es una conferenciante popular en las escuelas, iglesias, grupos comunitarios, y organizaciones de negocio. Siendo una especialista en edad pre-escolar y educadora, Carol sabe que los pátrones de auto estima se generan a muy temprana edad y son alimentados por otras personas. Carol es presidente de "Bucket Fillers, Inc.", una organización educativa en Brighton, Michigan que se dedica a mejorar la calidad de vidas. Para más información, visite la página de internet www.bucketfillers101.com.

Sobre el Ilustrador

Después de graduarse de la Universidad Wayne State en Detroit, Michigan con doble especialidad de diseñador publicitario y escultor, Dave Messing comenzó a dibujar caricaturas para revistas enfocadas a los jóvenes. Dave, su esposa Sandy, y sus hijos Scott, Kevin, y Adam han dado clases en su propia escuela de arte, Art 101 por veinticinco años. Dave también diseña y construye utilería y miniaturas para comerciales filmados e impresos. Su trabajo aparece en televisión y carteleras y en películas y revistas nacionales. Su lista de clientes va desde museos históricos al Harley-Davidson a casi cada fabricante automotriz. Él disfruta enseñar y todas las formas de arte desde la escultura hasta la caricatura.